JEUNESSE

Gilles Tibo

Illustrateur depuis plus de vingt ans, Gilles Tibo est reconnu pour ses superbes albums, dont ceux de la série *Simon*. Enthousiasmé par l'aventure de l'écriture, il a créé d'autres personnages. Il s'est laissé charmer par ces nouveaux héros qui prenaient vie, page après page. Pour notre plus grand bonheur, l'aventure de Noémie est devenue son premier roman.

Louise-Andrée Laliberté

Quand elle était petite, pour s'amuser, Louise-Andrée Laliberté inventait toutes sortes d'histoires qui faisaient vivre les images. Maintenant qu'elle a grandi, elle dessine des images qui nous racontent des histoires. Louise-Andrée crée avec bonne humeur des images, des décors ou des costumes pour les musées et les compagnies de publicité ou de théâtre. Tant au Canada qu'aux États-Unis, ses illustrations ajoutent de la vie aux livres spécialisés et de la couleur aux ouvrages scolaires ou littéraires. Elle illustre pour vous la série Noémie.

Série Noémie

Noémie a sept ans et trois quarts. Avec Madame Lumbago, sa vieille gardienne qui est aussi sa voisine et sa complice, elle apprend à grandir. Au cours d'événements pleins de rebondissements et de mille péripéties, elle découvre la tendresse, la complicité, l'amitié, la persévérance et la mort aussi. Coup de cœur garanti !

Noémie

Vendredi 13

Du même auteur chez Québec Amérique

Jeunesse
La Nuit rouge, coll. Titan, 1998.

SÉRIE NOÉMIE
Noémie 1 - Le Secret de madame Lumbago, coll. Bilbo, 1996.
   • Prix du Gouverneur général du Canada 1996
Noémie 2 - L'Incroyable Journée, coll. Bilbo, 1996.
Noémie 3 - La Clé de l'énigme, coll. Bilbo, 1997.
Noémie 4 - Les Sept Vérités, coll. Bilbo, 1997.
Noémie 5 - Albert aux grandes oreilles, coll. Bilbo, 1998.
Noémie 6 - Le Château de glace, coll. Bilbo, 1998.
Noémie 7 - Le Jardin zoologique, coll. Bilbo, 1999.
Noémie 8 - La Nuit des horreurs, coll. Bilbo, 1999.
Noémie 9 - Adieu, grand-maman, coll. Bilbo, 2000.
Noémie 10 - La Boîte mystérieuse, coll. Bilbo, 2000.
Noémie 11 - Les Souliers magiques, coll. Bilbo, 2001.
Noémie 12 - La Cage perdue, coll. Bilbo, 2002.
Noémie 13 - Vendredi 13, coll. Bilbo, 2003.

SÉRIE PETIT GÉANT
Les Cauchemars du petit géant, coll. Mini-Bilbo, 1997.
L'Hiver du petit géant, coll. Mini-Bilbo, 1997.
La Fusée du petit géant, coll. Mini-Bilbo, 1998.
Les Voyages du petit géant, coll. Mini-Bilbo, 1998.
La Planète du petit géant, coll. Mini-Bilbo, 1999.
La Nuit blanche du petit géant, coll. Mini-Bilbo, 2000.
L'Orage du petit géant, coll. Mini-Bilbo, 2001.
Le Camping du petit géant, coll. Mini-Bilbo, 2002.
Les Animaux du petit géant, coll. Mini-Bilbo, 2003.

SÉRIE PETIT BONHOMME
Les mots du Petit Bonhomme, album, 2002.
Les musiques du Petit Bonhomme, album, 2002.
Les chiffres du Petit Bonhomme, album, 2003.
Les images du Petit Bonhomme, album, 2003.

Adulte
Le Mangeur de pierres, roman adulte, 2001.
Les Parfums d'Élisabeth, roman adulte, 2001.

Noémie
Vendredi 13

GILLES TIBO
ILLUSTRATIONS : LOUISE-ANDRÉE LALIBERTÉ

QUÉBEC AMÉRIQUE jeunesse

Données de catalogage avant publication (Canada)

Tibo, Gilles
Vendredi 13
(Bilbo jeunesse ; 123)
(Noémie ; 13)
Pour enfants de 7 à 9 ans.
ISBN 2-7644-0276-7
I. Titre. II. Collection. III. Collection : Tibo, Gilles. Noémie ; 13.
PS8589.I26V46 2003   jC843'.54   C2003-940738-1
PS9589.I26V46 2003
PZ23.T52Ve 2003

Nous reconnaissons l'aide financière du
gouvernement du Canada par l'entremise du
Programme d'aide au développement de l'industrie
de l'édition (PADIÉ) pour nos activités d'édition.

Gouvernement du Québec – Programme de crédit
d'impôt pour l'édition de livres – Gestion SODEC.

Les Éditions Québec Amérique bénéficient du
programme de subvention globale du Conseil des
Arts du Canada. Elles tiennent également à
remercier la SODEC pour son appui financier.

Québec Amérique
329, rue de la Commune Ouest, 3e étage
Montréal (Québec) H2Y 2E1
Téléphone : (514) 499-3000, télécopieur : (514) 499-3010

Dépôt légal : 3e trimestre 2003
Bibliothèque nationale du Québec
Bibliothèque nationale du Canada

Révision linguistique : Diane Martin
Mise en pages : Andréa Joseph [PAGEXPRESS]

Tous droits de traduction, de reproduction et d'adaptation réservés

*À Marie-Ève Arsenault,
une vie remplie de bonheur
près de l'océan.*

-1-

Les petits malheurs

C'est incroyable! Mes parents sont tellement débordés qu'ils travaillent pendant leurs vacances d'été. Alors que tous les papas pêchent, jouent au golf ou au tennis, mon père, lui, travaille dans son bureau en essayant de reprendre le temps perdu. Quel temps perdu? Je ne le sais pas.

De son côté, ma mère en profite pour courir d'une conférence à l'autre, d'une réunion à l'autre, d'un rendez-vous à l'autre afin de prendre de l'avance. De l'avance sur quoi? Je l'ignore. C'est probablement

la raison pour laquelle mes parents ne se chicanent jamais : ils ne vivent pas sur la même planète.

Chaque matin, depuis le début des vacances, mes chers parents m'embrassent en me lançant :

— Bonne journée, ma petite Noémie d'amour! À ce soir!

Smack! J'embrasse mon père en lui souhaitant de rattraper le temps perdu. Smack! J'embrasse ma mère en lui souhaitant de prendre de l'avance.

Ensuite, chaque matin, je monte l'escalier qui mène chez ma belle grand-maman que j'aime plus que tout au monde. Elle me reçoit, à bras ouverts, en répétant que je suis sa belle petite Noémie d'amour, son petit soleil fondant, son beau petit paquet d'amour à la flanelle, à la confiture, à la menthe; son petit coco de Pâques à la noisette; ainsi que sa petite poupée chocolatée, remplie de croustade aux pommes et de cannelle.

Mais ce matin, rien ne se passe comme d'habitude. Il m'arrive une foule de petits malheurs tous plus ridicules les uns que les autres. En me levant, je me cogne le petit orteil contre une chaise. En me chaussant, je brise un de mes lacets. En me penchant, je déchire mon fond de culotte. Dans la salle de bain, il n'y a plus de papier hygiénique. Mon père se penche trop rapidement pour m'embrasser, il me donne un coup de mâchoire sur la tête. En se retournant, ma mère me donne un coup de sac à main sur l'épaule. En allant chercher mes souliers sous la table de la cuisine, je me relève trop rapidement. Bang! La table sursaute. Les deux cafés et mon grand verre de lait rempli à ras bord tombent et se déversent sur la table. En voulant éponger mes dégâts, j'éclabousse la belle robe de maman. Il tombe

un peu de café sur le pantalon de mon père et ça continue comme ça jusqu'à ce que je dise au revoir à mes parents et que je monte l'escalier qui mène chez grand-maman. Et là encore, il m'arrive un petit malheur : mon pied glisse sur la dernière marche. PAF! Je tombe sur le balcon.

En me frottant le genou, j'ouvre la porte du balcon et je crie :

— Allô, ma petite grand-maman chérie aux bleuets, à la lune de miel et aux pistaches au caramel fondant!

De sa chambre, j'entends la voix de ma grand-mère murmurer un petit «allô» de rien du tout.

Je m'avance dans le corridor et je m'arrête devant la chambre de grand-maman.

Couchée tout habillée dans son lit, elle tient un journal dans ses mains.

— Grand-maman, êtes-vous malade?

— Pas du tout...

— Mais alors, que faites-vous dans votre lit?

— ... Rien... rien...

— S'il n'y a rien, pourquoi avez-vous l'air si préoccupée?

— ... Pour rien...

En regardant le journal, je lui demande :

— Y a-t-il eu des accidents, des guerres, des catastrophes, des morts...

— Si c'était juste ça, répond grand-maman en se mordant les lèvres.

— Mais alors, de quoi s'agit-il?

Grand-maman referme le journal, montre du doigt la

date imprimée sur la première page et dit d'un air dévasté :

— Regarde! Aujourd'hui, nous sommes vendredi...

— Oui! Et puis, c'est vendredi toutes les semaines, à ce que je sache!

— Aujourd'hui, nous sommes un vendredi 13.

— Et puis, qu'est-ce que ça fait?

— Mon Dieu Seigneur, Noémie, c'est très grave... Les vendredis 13 sont des journées qui portent malheur. Ce sont des journées où il y a plus d'accidents, de drames, de mortalité. Ce sont des journées où il est préférable de ne rien faire, de ne pas sortir de chez soi, des journées...

— Où il est préférable de rester dans son lit?

— Heu... oui, c'est ça, répond grand-maman.

En réfléchissant vite, je pense à tous les petits malheurs que j'ai vécus ce matin, mais je me dis que ce ne sont que des coïncidences.

— Mais voyons, grand-maman! Ce sont des superstitions, tout ça. Allez, levez-vous! Aujourd'hui, j'ai rendez-vous au parc avec mes amies Martine et Julie!

— Non! répond grand-maman, je ne vais pas au parc, je ne vais pas à l'épicerie, je ne fais pas de promenade aujourd'hui, parce qu'aujourd'hui je ne sors pas de mon lit! Un point c'est tout!

Le nouveau sport olympique

Je supplie grand-maman de sortir du lit. J'essaye de la prendre par les sentiments, mais elle refuse de se lever. Je lui dis que j'ai soif, que j'ai faim, mais elle a tout prévu. Elle me dit :

— Va voir dans le réfrigérateur, il y a des jus ainsi que des sandwichs pour toi.

Pour vérifier, je me lance dans le corridor, traverse la cuisine et ouvre, en dixième vitesse, la porte du réfrigérateur. Ah non! Une tablette se décroche à l'intérieur de la porte. Je réussis à attraper la

pinte de lait, la livre de beurre, des bouts de fromages, des petites bouteilles de jus, des petits pots de confiture, mais je ne suis pas assez rapide pour attraper la douzaine d'œufs qui tombe à mes pieds. Crac! Crac! Crac! J'entends les coquilles se briser puis je vois du blanc d'œuf, transparent, couler sur le plancher.

Grand-maman crie de sa chambre :

— Noémie, que se passe-t-il?

— Rien... Mais si vous voulez vraiment le savoir, levez-vous!

Pendant que ma grand-mère ne bouge pas, je jette les coquilles brisées à la poubelle, je nettoie le plancher et je replace la tablette dans la porte. Puis je regarde à l'intérieur du réfrigérateur. Sur les grandes tablettes, il y a assez de sandwichs au jambon pour nourrir toute une armée.

Je retourne dans la chambre de grand-maman en faisant semblant de rien et en sirotant un jus avec une paille.

— Slurpppp... Grand-maman, je refuse de croire à vos

superstitions. Aujourd'hui, slurppp... faites ce que vous voulez, slurppp... mais moi, je ne resterai pas, slurppp... enfermée, slurppp... toute la journée, slurppp... dans la maison.

— Où veux-tu aller, Noémie?

— Je vous l'ai dit tout à l'heure, slurppp... J'ai rendez-vous au parc, slurppp... à dix heures, slurppp... pour un entraînement olympique.

— Bon... Qu'est-ce que c'est que cette histoire-là, encore? demande-t-elle en regardant le plafond.

— Tenez-vous bien, grand-maman, j'ai inventé un nouveau sport!

Pendant que ma grand-mère soupire et lève les yeux au ciel, je prends une dernière gorgée de jus, slurppp, et je lui raconte que moi, Noémie, j'ai inventé un sport incroyable, merveilleux, extraordinaire : l'épreuve du saut en longueur. Mais attention! Il ne s'agit pas, ici, d'un vulgaire saut en longueur, ordinaire, classique et endormant comme tous ceux que l'on voit à la télévision. Non. Il s'agit d'un saut très spécial : le saut en longueur à partir d'une balançoire.

Presque tous les enfants du monde sautent de leur balançoire en essayant d'atterrir le plus loin possible. Alors on peut considérer cela comme un sport à part entière. Je demande à grand-maman :

— Comment se fait-il qu'après avoir vu des milliers d'heures de sport à la télévision, je n'aie jamais vu une seule seconde, une seule minute de ce sport merveilleux qui consiste à sauter le plus loin possible de la balançoire?

Grand-maman ne répond pas. Elle soupire :

— Mon Dieu Seigneur... Mon Dieu Seigneur...

Pauvre grand-maman, elle ne se doute pas de l'importance de la situation. Mes amies et moi, nous sommes tellement bonnes à ce nouveau sport que nous avons l'intention de le proposer aux prochains jeux olympiques... et aussi, évidemment, de gagner les médailles d'or, d'argent et de bronze. C'est la raison pour laquelle, depuis trois jours, nous nous entraînons comme de véritables athlètes olympiques. Chaque fois que l'une d'entre nous bat un record,

nous traçons une ligne dans le sable. D'heure en heure, de jour en jour, la ligne s'éloigne de la balançoire. Avant-hier, Julie a fait un saut de quatre mètres. Hier, Martine a réalisé un saut de quatre mètres cinquante. Et moi, aujourd'hui, j'ai bien l'intention de battre ce record et d'en réaliser un autre, que jamais personne ne pourra éclipser... personne à part moi, bien entendu.

— Grand-maman, je vous en supplie, levez-vous et accompagnez-moi au parc!

— Non, je ne sors pas de mon lit!

— Mais, grand-maman, à cause de vos superstitions ridicules, je ne pourrai pas m'entraîner aujourd'hui. Je ne deviendrai jamais une championne, je ne gagnerai jamais aux jeux olympiques et je ne deviendrai jamais riche et célèbre dans le monde entier! Vous rendez-vous compte?

— Noémie, tout cela est ridicule.

— Non, ce sont vos superstitions qui sont ridicules!

— Noémie, si tu veux, nous pouvons pratiquer toutes sortes d'activités palpitantes, ici. Nous pourrions jouer aux dames, aux cartes, faire des casse-tête, des mots croisés, des mots cachés, du tricot...

— Grand-maman...

— Mon Dieu Seigneur... Je suis même prête à faire un compromis. J'accepte de quitter ma chambre. Si tu le veux, nous pourrons regarder la télévision, regarder des films, faire du ménage, du lavage, du repassage...

— Grand-maman...

— Bon, si tu veux absolument jouer et sauter, je te donne la permission de sautiller sur le tapis du salon, sur le canapé et même sur mon lit. Tu pourrais devenir championne olympique et médaillée d'or du saut en hauteur sur un lit de grand-maman...

Je déteste qu'on se moque de moi :

— Grand-maman, ce n'est pas drôle. Restez ici si vous le voulez, mais moi, il n'est pas question que je rate mon entraînement! Je vais me débrouiller toute seule...

-3-

Au parc

En courant, je quitte la chambre de grand-maman, je saute sur le téléphone et, en deux temps trois mouvements, j'appelle mes amies Martine et Julie. Bla bla bla... bla bla bla et rebla rebla rebla...

Je retourne à la chambre et je dis :

— Voilà, grand-maman, j'ai tout organisé, je vais au parc avec Mathilde, Julie et sa gardienne. Nous mangerons sur une des tables de pique-nique et nous reviendrons lorsque nous serons fatiguées.

J'embrasse grand-maman sur les deux joues et je lui souhaite une excellente journée... dans son lit.

Elle m'embrasse à son tour :

— Sois prudente, ma belle petite Noémie en caoutchouc mousse rebondissant!

— Ne craignez rien, je suis toujours prudente!

Je quitte sa chambre, cours dans le corridor et tout à coup, BANG! je m'affale sur le plancher.

— Noémie! Que se passe-t-il?

— Rien, rien, le bout de mon pied s'est coincé sous le tapis...

J'ai maintenant les deux genoux écorchés. Mais ce n'est pas grave, je ne crois pas aux superstitions. Sans qu'il m'arrive d'autre malheur, je me relève, vais chercher des sandwichs et des jus dans le réfrigérateur, les lance dans un sac de papier, puis me rends sur le balcon avant. Je m'assois sur la plus haute marche de l'escalier et, en attendant mes amies, je regarde le ciel. Je n'en reviens pas. Je vois deux nuages se frapper de plein fouet. Je baisse les yeux et je vois une grosse branche tomber sur l'automobile du voisin. Je baisse encore les yeux et j'assiste au plus curieux des accidents : un camion de livraison freine brusquement pour ne pas écraser un écureuil qui traverse la rue. Bang! une camionnette frappe l'arrière du camion. Bang! une automobile frappe l'arrière de la camionnette. Bang! une décapotable frappe l'arrière de l'automobile.

Soudain, j'aperçois mes deux amies qui s'approchent en compagnie de la gardienne. Mais oups! la gardienne est un gardien. Je descends les marches de l'escalier le plus lentement possible et je réussis à sauter sur le trottoir sans qu'il m'arrive une nouvelle catastrophe. Julie s'approche et me dit :

— Je te présente Alexis, mon voisin. Il remplace Alice, ma gardienne, qui vient d'avoir un accident.

Je n'ose pas demander de quelle sorte d'accident il s'agit, mais j'imagine qu'un avion lui est sans doute tombé sur la tête, ou même pire, un éléphant l'a écrasée en se retournant, ou même pire, elle a été victime d'une bombe atomique dans son lit, ou même pire...

mais je n'ai pas le temps d'imaginer autre chose. Julie soupire :

— Pauvre Alice, le plafond de sa chambre lui est tombé sur la tête!

-4-

Le sandwich
aux arachides

En me rendant au parc avec mes amies, j'essaie de faire très attention. Même si je ne suis pas superstitieuse, je regarde où je pose les pieds afin de ne pas tomber en bas du trottoir, j'attends le feu vert pour ne pas me faire écraser par un gros camion et, de temps à autre, je lève les yeux au cas où un arbre, un poteau électrique ou le ciel s'aviseraient de me tomber sur la tête.

Rendues au parc, mes amies et moi courons dans le grand terrain de sable et aucun malheur ne nous arrive. Nous

nous déchargeons de nos sacs, sautons sur les balançoires et commençons à nous entraîner. Pendant ce temps, Alexis s'assoit sur un banc, ouvre son sac à dos, en sort un gros bouquin et commence à lire. Tout va bien. Tout va très bien. Le ciel est bleu. Les oiseaux chantent.

En me balançant et en tentant de prendre le maximum d'élan, j'essaie de prévoir les malheurs possibles. Le sable du terrain de jeu pourrait se transformer en sable mouvant. Les balançoires pourraient se décrocher. La dame qui promène son chien pourrait se transformer en monstre très méchant. Mais rien de tout cela ne se produit. Tout va bien. Tout va très bien.

Pendant tout l'avant-midi, mes amies et moi tentons de

battre notre dernier record de saut en longueur à partir de notre balançoire. Mais il n'y a rien à faire, nous ne réussissons même pas à atteindre la ligne que nous avions dessinée, hier, sur le sable. On dirait que nos corps sont plus lourds aujourd'hui. On dirait que nous sommes faites en plomb.

Vers la fin de l'avant-midi, complètement frustrées, mes amies et moi décidons de dîner. Nous allons nous asseoir sur une table de pique-nique, nous ouvrons nos sacs et, comme d'habitude, Julie s'exclame :

— Ah non! Pas encore des tartines au beurre d'arachide! Pas encore du jus de canneberge!

Pauvre Julie, depuis bientôt trois semaines, ses parents lui

confectionnent toujours le même lunch. Si ça continue, elle va devenir allergique au beurre d'arachide et au jus de canneberge. Juste à entendre le mot «arachide», elle a des boutons qui lui poussent dans le dos. Alors, pour qu'elle ne fasse pas une dépression nerveuse ou la grève de la faim, nous échangeons nos sandwichs et nos jus.

Je me retrouve donc avec les sandwichs de Mathilde, qui mange les sandwichs de Julie, qui boit mon jus de pomme.

Nous buvons et mangeons en nous racontant des blagues et en rigolant. Tout à coup, Mathilde écarquille les yeux, elle devient blanche comme un fantôme, puis rouge comme une tomate. La bouche grande ouverte, elle nous fait signe qu'elle ne peut plus respirer. Elle s'est étouffée en avalant une bouchée de beurre d'arachide. Julie crie :

— AU SECOURS! AU SECOURS!

Tout le monde se retourne vers nous. Alexis laisse tomber son livre et accourt à toute vitesse. Sans réfléchir, je me lance vers Mathilde et je lui flanque une grosse tape dans le dos. BANG!

Mathilde continue de s'étouffer. Je lui flanque une autre tape dans le dos. REBANG! suivi par un SSSPPPLLOOOUUUCCCHHH...

Une énorme motte de beurre d'arachide, ainsi que du jus, ainsi que toutes sortes de choses innommables sortent comme des boulets de canon de la bouche de Mathilde... et atterrissent directement dans la figure d'Alexis qui arrivait en courant. OUACH!

Mathilde, les yeux pleins d'eau, reprend son souffle en s'appuyant sur la table et en répétant :

— FIOU! Ça va mieux, maintenant... FIOU! Ça va mieux maintenant.

Puis elle se retourne vers moi et me dit :

— Merci, Noémie, tu viens de me sauver la vie! Tu peux me demander n'importe quoi...

Pendant ce temps, le pauvre Alexis essuie sa figure avec le bord de son t-shirt. Il se dirige vers la fontaine en soupirant :

— Ce n'est vraiment pas ma journée, aujourd'hui... vraiment pas ma journée.

Moi, j'ai l'impression que c'est une mauvaise journée

pour tout le monde, mais je ne le dis pas, parce que je ne suis pas superstitieuse... Je refuse de croire à toutes ces balivernes.

-5-

Les goélands

En bougonnant, Alexis va se laver la figure à la fontaine. Mathilde lui présente ses excuses en répétant qu'elle ne le fera plus jamais. Puis, finalement, le calme revient. Je l'avoue, ça me fait tout drôle. Il ne se passe absolument rien de grave. Personne ne s'étouffe, personne ne tombe, personne ne crie, sauf les oiseaux.

Nous terminons notre dîner puis tout à coup, sssppplout... Je reçois une crotte de goéland sur le bras. Je lève la tête pour regarder au ciel et sssppplout... sssppplout... je reçois deux autres crottes toutes molles et toutes blanches. Une d'entre elles s'écrase et dégouline sur ma joue, l'autre tombe sur mon front; puis une troisième s'approche à vive allure. Pour l'éviter, je me lance sur le côté et frappe Julie, qui tombe à la renverse.

Nous aidons Julie à se relever puis nous regardons dans les airs. Une nuée de goélands virevoltent au-dessus de nous. Ssspplout... ssspplout... ssspplout, d'autres crottes tombent un peu partout. En criant et en hurlant, nous quittons la table de piquenique et allons nous réfugier sous un arbre.

Les goélands, voyant le chemin libre, en profitent pour descendre en rase motte, puis, à grands coups de bec, ils se

partagent les restes de nos sandwichs. Mais il n'est pas question de se laisser impressionner par de stupides goélands. Mes amies et moi, nous nous penchons, remplissons nos mains, puis, en criant comme des damnées, nous nous ruons sur les oiseaux afin de leur lancer du sable. Mais Julie s'empêtre dans ses pieds. Mathilde et moi n'avons pas le temps de nous arrêter. Nous fonçons sur elle et nous tombons toutes les trois par terre. AOUTCH! Je m'écorche le coude gauche. Julie se fait très mal à un poignet et Martine se fait très mal à un pied.

Là, je l'avoue, je commence à m'inquiéter un tout petit peu de rien du tout. J'essaie de ne pas penser aux malheurs, aux superstitions, au vendredi 13, mais un léger doute commence à germer dans ma cervelle. En aidant mes amies à se relever, je leur dis :

— Les filles, soyons prudentes... ce n'est pas une bonne journée, aujourd'hui...

Puis, prenant mon courage à deux mains, comme on dit dans les films, j'ajoute :

— Les filles, allons battre notre record de saut en longueur!

— On devrait peut-être attendre à demain, lance Mathilde, moi, j'ai mal partout.

— Moi aussi, répond Julie.

— Les filles, soyons positives, c'est en forgeant qu'on devient forgeron, Rome ne s'est pas construite en une journée, il faut battre le fer pendant qu'il est chaud, rien ne sert de courir, il faut sauter à temps, l'avenir appartient à ceux qui se lèvent tôt...

Pendant que mes amies me regardent avec de gros points d'interrogation dans les yeux, nous nous approchons des balançoires, mais là, oups! il y a un petit problème. Elles sont toutes occupées par des enfants qui n'ont vraiment aucun style et aucun avenir là-dedans. On se balance tout croche, n'importe comment, en ayant les bras trop raides, les fesses sur le côté, les jambes trop repliées. C'est une véritable honte! Et les adultes qui les accompagnent ne s'en rendent même pas compte, c'est encore plus enrageant.

▲ ▲ ▲

Mes amies et moi, nous nous installons devant le garçon qui se balance le plus mal et nous faisons de la «pression psychologique». Nous le regardons toutes les trois, sans rien dire, sans bouger, sans rien de rien...

Le petit garçon se balance en nous faisant des grimaces. Nous passons à la seconde étape : la domination psychologique. Nous ne répliquons à aucune de ses grimaces. Nous nous contentons de le fixer. Il n'a aucune chance, nous sommes des championnes à ce petit jeu-là. Heureusement pour lui, sa mère l'appelle :

— Jérôme! Jérôme! C'est le temps de rentrer à la maison...

Le petit Jérôme quitte la balançoire en sautant dans les airs. Il passe devant nous,

atterrit dans le sable et disparaît en courant. Julie trace
une ligne sur les empreintes
laissées dans le sable. Elle
grimpe sur la balançoire en
s'exclamant :

— Je vais le battre, son
record, je vais le battre.

Elle se donne un ultime
élan, se lance dans les airs et
atterrit à moins d'un mètre des
empreintes de ce foutu Jérôme.
Elle soupire :

— C'est parce que j'ai mal
au poignet...

Mathilde grimpe à son tour
et commence à se donner des
élans. Après quelques secondes,
elle monte tellement haut dans
les airs que les chaînes de la
balançoire deviennent toutes
molles. Au bout de son dernier
élan, elle glisse hors de la
balançoire, plane longtemps et

atterrit à moins d'un demi-mètre de l'empreinte de ce satané Jérôme.

— C'est parce que j'ai mal à un pied, soupire Mathilde.

Je sens que l'heure est grave, très grave. Notre honneur de meilleures sauteuses du monde est en jeu, et je n'ai pas l'intention de me laisser battre par un petit Jérôme de rien du tout qui ne sait même pas se balancer comme un véritable athlète olympique.

En vitesse, je pense à tous les films et à tous les reportages que j'ai vus à la télévision. En fixant la balançoire et en serrant les mâchoires, je dis :

— Les filles, on va voir ce qu'on va voir!

Devant mes amies éberluées, je commence par réchauffer

mes muscles en courant autour de la statue érigée au milieu du parc. Lorsque mes muscles sont bien chauds, je me penche par-devant, par-derrière, sur le côté gauche, sur le côté droit afin d'assouplir ma musculature. Je sautille sur place en décontractant mes bras et en soufflant très fort. Ensuite, je regarde au loin, puis je ferme les yeux et je me concentre. Je fais de la visualisation comme les vraies athlètes. J'essaie d'imaginer le saut idéal, celui qui fera de moi une véritable fusée vivante.

J'entends la voix de Julie me demander :

— Noémie, qu'est-ce que tu attends?

— Es-tu devenue folle? ajoute Martine.

Les yeux fermés, je leur fais signe d'attendre quelques secondes. Mes amies s'impatientent. Elles s'approchent. Je les entends tourner autour de moi. Julie donne des coups de pied dans le sable. Martine essaie de me chatouiller, mais rien ne peut perturber ma concentration. Petit à petit, mon cerveau se vide de tout, tout, tout. J'oublie que j'aime la lasagne, j'oublie que je déteste manger des brocolis, j'oublie mon père qui rattrape le temps perdu, ma mère qui prend de l'avance, j'oublie les malheurs, les superstitions, mais je ne réussis pas à oublier ma belle grand-maman Lumbago, qui passe la journée dans son lit.

Je me concentre encore et encore jusqu'à ce que l'image de ma grand-mère disparaisse complètement. Lorsque mon cerveau est tout à fait vide, lorsque je n'entends plus que la brise qui effleure le feuillage des grands arbres, j'ouvre lentement les yeux, me dirige vers la balançoire, agrippe les deux chaînes et monte debout sur le petit banc de bois.

— Sois prudente, murmure Julie, consciente de l'importance de cet événement qui ne se répétera pas deux fois dans l'histoire du saut en longueur à partir d'une balançoire.

— Tu n'égaleras jamais ce record, crie Martine pour me provoquer.

Je commence à plier les genoux afin de me donner un premier élan. Mon cœur bat très fort. Je sens que je vais vivre, très bientôt, un des moments les plus exaltants de ma vie. Je vais pulvériser un record. Je vais sauter tellement loin que mes amies devront courir pour venir me rejoindre. Mieux que ça, elles seront obligées d'enfourcher leur vélo pour me rattraper. Mieux que ça, elles devront prendre l'autobus et même l'avion pour venir me retrouver de l'autre côté de la terre, quelque part dans le sable du Sahara.

Debout sur la balançoire, je crie à mes amies :

— Attention, les filles, dans quelques secondes, je vais pulvériser le record du monde! Vous n'aurez jamais rien vu de pareil!

En imaginant les caméras de télévision qui me filment au ralenti et qui retransmettent mon image sur toutes les télévisions du monde, je continue à me donner des élans. Je monte tellement haut dans les airs que je dois m'accroupir sur le siège et tenir les chaînes de toutes mes forces afin de ne pas me faire éjecter.

Mathilde et Julie scandent en même temps :

— Allez, Noémie! Allez, Noémie! Allez, Noémie!

L'accident

Je me balance encore plus fort, encore plus haut. Lorsque j'atteins le maximum d'élan, je m'assois sur la petite planche, puis je fais le compte à rebours :

— Cinq... quatre... trois... deux... un... partez!

Juste avant d'atteindre le point le plus haut de la trajectoire, je fais glisser mes fesses sur le bord de la planche puis je lâche les chaînes et je m'envole dans les airs. Je monte, je plane. Pendant quelques instants, mon corps devient tout léger. Mon esprit aussi. Je

quitte l'orbite terrestre. Je monte vers le soleil. Je visite les autres planètes, les autres galaxies, les autres mondes. Je me sens heureuse comme un jour de Noël, un jour d'anniversaire, un jour de congé… C'est formidable. On dirait que le temps s'arrête.

Mais mon bonheur ne se prolonge pas très longtemps. Au bout de mon élan, mon corps s'alourdit comme s'il se remplissait de plomb. Mes yeux s'ouvrent. En un dixième de seconde, j'aperçois, en bas, dessinée sur le sable, la marque du petit Jérôme. En un centième de seconde, je calcule ma trajectoire. En un millième de seconde, je comprends que je vais réaliser, moi aussi, un exploit sans précédent. En un millionième de seconde, juste avant d'atterrir, je lève les bras pour crier victoire.

Et là, sans que je sache pourquoi, tout s'embrouille dans mon cerveau. En touchant le sol, de l'autre côté de la ligne, j'ai l'impression que mon corps est devenu plus lourd que celui d'un éléphant. Mes pieds s'enfoncent dans le sable. Mes jambes plient sous l'impact et je suis projetée vers l'avant comme si un géant invisible me poussait de toutes ses forces... Plutôt que de faire une, deux, trois ou quatre culbutes pour amortir le choc, je tombe à plat ventre sur le sable, qui semble plus dur que du béton. Pour me protéger, je lance mes bras vers l'avant. Mon bras droit est plus rapide que le gauche. Ma main droite touche le sol la première.

J'entends un épouvantable CRAC! puis je m'affale de tout mon long. BANG! J'ai l'impression de me disloquer, de me défaire en petits morceaux. Je ressens la répercussion de l'impact dans chacun de mes os. Je deviens tout étourdie. Je vois des étoiles. J'ai mal partout, partout, partout, jusque dans mes cheveux.

Je me roule par terre en gémissant. Je suis certaine que mon pauvre squelette est brisé en mille miettes.

Julie se penche au-dessus de moi :

— Bravo! Noémie! Tu as battu le record du petit Jérôme par douze centimètres.

Je ne réponds pas, ne souris pas, ne crie pas de joie. J'essaie de bouger, mais j'en suis incapable. Je grimace de douleur en soutenant mon bras droit.

Mathilde se met à crier :

— Noémie! Regarde! WACH!

Je n'en crois pas mes yeux. Mon avant-bras est tout enflé, tout violacé. On dirait que ce n'est pas mon bras à moi.

De grosses larmes coulent sur mes joues. Snif... Snif... Je ne sais plus quoi dire, quoi faire. Snif... Snif...

Martine dit :

— Noémie! Tu t'es cassé le bras!

— Snif… Snif…

— Tu crois? demande Julie.

— Snif… Snif…

— J'en suis certaine, mon cousin s'est déjà fracturé une jambe. C'était pareil. Tout rouge, tout enflé.

— Pauvre Noémie… pauvre Noémie, répète Julie.

— Ne bouge pas, ordonne Martine. Je vais chercher du secours.

Elle se relève et hurle :

— AU SECOURS! AU SE-COURS! À NOUS! À L'AIDE!

Alexis laisse tomber son livre pour la deuxième fois. Il accourt en demandant :

— Bon... que se passe-t-il encore, ici?

— Noémie s'est cassé le bras! répond Martine.

Alexis se penche, regarde mon bras et me dit :

— Noémie, ne bouge pas.

Puis il se relève et, tout énervé, me demande :

Tes parents sont-ils à la maison?

— Non, snif... snif... mais ma grand-mère, oui... elle est chez elle.

-7-

AOUTCH !

Étendue sur le sable, je re-garde Alexis courir à toute vitesse en direction de la mai-son. Puis, avec l'aide de mes amies, j'essaie de me relever. AOUTCH! AOUTCH! AOUTCH! Mon bras me fait aussi mal que s'il avait été mordu par un tigre du Bengale ou par un dino-saure Rex en furie.

Une dame s'approche. Elle se penche vers moi, me caresse les cheveux et me demande si j'ai besoin d'aide.

— Merci, ça va... Quelqu'un est parti chercher ma grand-mère. Snif... Snif...

Un père s'approche avec son petit garçon. Il me demande :

— Veux-tu que j'appelle une ambulance avec mon cellulaire?

— Non merci... Snif... Snif... ma grand-mère s'en vient...

Appuyée sur Julie, je finis par me relever lentement. Je me dirige vers un banc et m'assois. De toute ma vie, je n'ai jamais eu aussi mal. On dirait que la douleur a quitté mon bras et envahi tout mon corps. Snif... Snif...

Pour m'encourager, Julie murmure :

— Noémie, ton record sera difficile à battre... très difficile...

Je souffre tellement que je me fous du record. J'aimerais rembobiner la cassette du temps et me retrouver encore et toujours dans les airs, alors que je volais en plein bonheur.

— Ça va s'arranger, soupire Mathilde... Ça va s'arranger...

Et puis, en regardant mon bras avec effroi, on dirait que Julie devient toute nerveuse, toute fébrile. Elle se met à parler toute seule :

— Tu as quand même été chanceuse dans ta malchance. Tu aurais pu te casser la tête ou la colonne vertébrale... Et puis, ton bras, il n'est peut-être pas brisé. Il est peut-être juste tordu, ou fêlé, ou... en tout cas, j'espère qu'ils ne seront pas obligés de le couper... ça peut arriver, tu sais...

— Snif... Snif... Julie, voudrais-tu, s'il te plaît...

Comme si je n'avais rien dit, Julie continue de plus belle :

— Il y a des gens qui sont tombés du haut d'un pont, du haut d'une montagne, du haut d'un gratte-ciel et qui n'ont jamais pu se relever. Ils étaient aplatis dans l'asphalte ou le ciment... ils n'ont...

— Snif... Snif... JULIE ! S'IL TE PLAÎT !

— Excuse-moi, excuse-moi, Noémie. Ça m'énerve tellement de te voir comme ça... j'imagine que ton bras, c'est mon bras, que ton corps, c'est mon corps. J'imagine la douleur atroce que tu dois ressentir... Je ne pourrais jamais le supporter... je deviendrais folle... je...

— JULIE !

— Excuse-moi... Excuse-moi, Noémie... je ne parlerai plus, je ne dirai plus rien... je vais juste attendre, ici, avec toi, parce que tu es ma meilleure amie et qu'une meilleure amie, ça ne s'abandonne pas, comme ça, en plein malheur, et...

Pendant que Julie parle toute seule, bla... bla... bla... et rebla... rebla... rebla... je regarde mon bras qui enfle à vue d'œil. Il me fait mal jusqu'au bout des cheveux et jusqu'au bout des orteils.

Les yeux pleins d'eau, j'essaie de ne rien imaginer, j'essaie de rester calme comme les moines zen que j'ai vus à la télévision.

Mathilde se rend à la fontaine, elle remplit une bouteille avec de l'eau et elle m'en offre un peu. Je bois quelques gorgées. Mais j'ai tellement mal au bras que j'en ai mal au cœur.

J'essaie de concentrer mon attention sur les oiseaux, les

arbres, et puis soudain, j'aperçois le grand Alexis qui revient
en courant. Il court tellement
vite qu'il doit présentement
battre un record de vitesse.
Pour prendre un raccourci, il
saute par-dessus un talus et
il atterrit directement sur un
château de sable. Son pied
défonce un tunnel et s'enfonce
dans une caverne secrète. Il
perd l'équilibre et, les bras au
ciel, il s'affale de tout son long.
Pauvre Alexis. Il se relève tout
de suite, s'approche en titubant
et me dit avec un peu de sable
dans la bouche :

— Ne t'inquiète pas, Noé-
mie. Du secours s'en vient!

-8-

Ma mère

Après quelques minutes d'attente qui me semblent aussi longues que des siècles et des millénaires, mes yeux s'embrouillent et mon cœur accélère dans ma poitrine. J'aperçois au loin l'automobile de ma mère. Elle fonce à toute vitesse dans la rue qui longe le parc. Les clignotants clignotent à toute vitesse et le klaxon klaxonne comme une trompette.

Julie, Mathilde et Alexis grimpent sur un banc pour faire de grands signes avec les bras. Ma mère tourne la tête et les aperçoit. Elle freine si brusquement que l'automobile qui la suit doit s'arrêter en catastrophe. Les autres automobiles qui la suivent freinent à leur tour dans un concert de klaxons et de crissements de pneus. Tout le monde se demande ce qui se passe. Dans les automobiles, on crie, on hurle, on montre le poing.

Ma mère, crispée sur son volant, ne se rend compte de rien. Comme si elle était seule au monde, elle essaie de reculer... Voyant cela, l'automobiliste derrière elle essaie de reculer aussi pour ne pas se faire frapper. L'autre automobile, derrière, fait la même chose. Et puis, c'est le désastre. Les pare-chocs se heurtent les uns les autres. Aussitôt, les automobilistes ouvrent leurs portières et sortent en gueulant.

Ne pouvant plus reculer, ma mère, complètement hystérique, tente de faire demi-tour dans la rue en tournant, en avançant et en reculant plus d'une dizaine de fois. Elle bloque le trafic dans les deux sens. On klaxonne, on se tasse sur le côté pour la laisser passer. Moi, je suis tellement surprise par cet incroyable spectacle que j'oublie tout le reste. Je n'ai même plus mal au bras.

— Qu'est-ce qu'elle fait, ta mère? demande Julie.

— Elle est très, très, très énervée, je crois.

Et puis, selon aucune logique connue à ce jour, ma mère, qui a finalement réussi à faire demi-tour, accélère dans un épouvantable crissement de pneus, puis, sans avertissement, elle tourne le volant, appuie sur l'accélérateur et fait monter l'automobile, cahin-caha, sur le trottoir.

Là, je l'avoue, je n'ai plus mal nulle part. Je regarde l'automobile traverser le trottoir, freiner brusquement pour laisser passer un cycliste et repartir de plus belle.

— Ta mère, elle est vraiment très, très, très énervée, murmure Julie.

Je ne réponds rien. Mon cœur galope dans ma poitrine comme un cheval à l'épouvante.

Je crains le pire, et... c'est justement le pire qui arrive.

Ma mère, crispée sur le volant, le nez collé au pare-brise, fonce vers moi à toute vitesse. L'automobile quitte le trottoir et roule dans l'herbe en zigzaguant entre les arbres.

C'est l'affolement dans le parc. Effrayés par les rugissements du moteur, les bruits du klaxon et le clignotement des lumières, les gens qui étaient étendus pour lire ou pour se faire bronzer se lèvent en panique et courent se mettre à l'abri derrière un arbre, un buisson, une poubelle.

— Ta mère, elle est vraiment très, très, très énervée, murmure Julie. Heureusement que tu ne t'es pas brisée en mille morceaux!!!

Je n'ai jamais vu ma mère dans un état pareil. Les cheveux hirsutes, les yeux exorbités, elle tourne le volant de gauche à droite, freine, repart, contourne les tables de pique-nique, les arbres, les poubelles et s'engage soudainement sur le sable du terrain. Les pneus s'enlisent tout à coup. Alors ma mère appuie sur l'accélérateur. Les roues tournent à toute vitesse en lançant du sable par-derrière, puis par-devant. Le moteur hurle. Ça sent le caoutchouc brûlé.

Les papas, les mamans, les gardiens et les gardiennes prennent les enfants par la main et se sauvent en courant. Certains se retrouvent agglutinés en haut des glissoires, d'autres grimpent sur les balançoires.

Un gros mal de tête vient de remplacer ma douleur au bras.

Finalement, à force d'avancer puis de reculer, l'automobile réussit à se dégager. Elle bondit sur le sable, fonce comme un boulet de canon, freine en glissant sur le côté et s'arrête devant moi dans un nuage de poussière semblable à ceux qu'on voit dans les films de cow-boys. Il ne manque que la musique et les Indiens.

Comme si le film des événements tournait au ralenti, le nuage de poussière se dissipe, la portière s'ouvre et ma mère s'élance hors de la diligence, heu... hors de l'automobile. Elle me regarde d'un air ahuri. Les yeux pleins d'eau, elle se précipite vers moi. Son cœur de maman se tord dans sa poitrine. Son estomac se noue. Ses orteils se crispent.

— Noémie? Noémie! Noémie... as-tu mal quelque part? Heu... Oui, je sais que tu as mal... Mais où as-tu mal? Montre à maman où tu as mal... Peux-tu bouger? Je savais... Je savais qu'un jour ou

l'autre il arriverait un accident...
à partir d'aujourd'hui, finis les
sauts en longueur...

Et puis soudain, derrière la
voix de ma mère, j'entends
une autre voix s'exclamer :

— Mon Dieu Seigneur! Mon
Dieu Seigneur!

En voyant ma belle grand-
maman Lumbago approcher à
petits pas rapides, je fonds en
larmes.

— Snif... snif... Je suis tombée en battant... snif... snif...
mon record du monde... J'ai
mal au bras... snif... snif...

Grand-maman regarde mon
bras, fait une petite grimace et
dit :

— Mon Dieu Seigneur, tout
cela est de ma faute... tu n'aurais jamais dû quitter la maison
aujourd'hui...

Puis ma mère, complète-
ment énervée, dit en se mordant les lèvres :

— Je crois bien que tu t'es
cassé le bras!

En entendant ce diagnostic
officiel sortir de la bouche de
ma mère, j'ai l'impression que
mon corps se brise en morceaux, que le parc s'effrite, que
la Terre entière tombe en lam-
beaux, que tout le système
solaire éclate, que l'univers
entier bascule.

Mais je n'ai pas le temps de
penser aux univers parallèles.
J'entends soudainement le
bruit d'une sirène.

-9-

L'ambulance

Je lève les yeux. Une voiture de patrouille freine en glissant le long du trottoir. Deux policiers quittent leur véhicule à la hâte et s'approchent en courant. Les menottes, les matraques et les pistolets sautent à leurs ceintures. Ces deux policiers doivent sûrement s'entraîner pour les olympiques. Ils courent vers nous à toute vitesse comme s'ils étaient poursuivis par des voleurs...

Une autre sirène retentit au coin de la rue. Une deuxième voiture de patrouille s'arrête en catastrophe. Les gyrophares tournent à une vitesse inouïe. Une policière descend du véhicule et commence à s'entretenir avec les conducteurs dont les autos se sont tamponnées.

En regardant ce spectacle, je me dis que tout ça est arrivé parce que j'ai voulu battre un ridicule record de saut en longueur. Mes yeux s'emplissent d'eau. Mes oreilles bourdonnent. Je deviens toute mêlée. Pour ne pas perdre connaissance, je m'appuie sur ma belle grand-maman d'amour. Les deux policiers demandent à qui appartient la voiture stationnée dans le parc. Ma mère, complètement et totalement énervée, répond :

— C'est la mienne, mais une voiture de location, louée depuis trois mois pour venir chercher ma fille en vitesse parce que son père est en réunion sans aucun téléphone et que, vite, vite, il faut faire quelques chose… et…

Ma mère est tellement énervée que personne ne comprend ce qu'elle raconte; même chose pour Julie, pour Martine, pour Alexis et pour tous les curieux qui s'agglutinent autour de nous. Chacun et chacune parlent en même temps afin de donner leur version des faits. Mes oreilles bourdonnent. J'entends pêle-mêle :

— Je suis le gardien et Noémie est tombée de la balançoire… Mon Dieu Seigneur, je ne voulais pas quitter mon lit, aujourd'hui, mais lorsque ce grand garçon m'a annoncé la mauvaise nouvelle, je n'ai pas hésité un seul instant... C'est sa grand-mère qui m'a appelé sur mon cellulaire... Je jouais dans le sable avec ma fille. Lorsque j'ai vu cette folle en automobile dans le parc, j'ai tout de suite appelé les policiers...

D'autres curieux s'approchent. Je deviens tout étourdie. Une suite de mots traverse mon esprit : *balançoires, saut, bras, conductrice folle, hystérique, autos tamponneuses, danger public.*

Et, comme s'il n'y avait pas assez de bruit, j'entends une autre sirène s'approcher. Une ambulance tourne le coin de la rue sur deux roues et se précipite dans le parc en zigzaguant entre les arbres. La foule des curieux s'ouvre comme par enchantement. Deux ambulanciers font claquer leur portière en plaçant leur casquette sur leur tête. Les policiers et les ambulanciers échangent quelques coups d'œil complices. Le plus petit des ambulanciers s'approche de moi, regarde mon bras en disant :

— Oh! Oh!

Puis, il me fait un clin d'œil :

— Que dirais-tu de passer le reste de tes vacances avec un beau plâtre?

— WOW! J'ai toujours rêvé d'avoir un beau plâtre! lance Martine.

— Est-ce que je pourrai dessiner dessus? demande Julie.

Je ne réponds pas. J'essaie de rester digne dans le malheur.

-10-

Et ça continue

Le reste de l'après-midi ressemble à la pire émission de télévision que j'aie vue. C'est aussi un des épisodes les plus éprouvants de toute ma vie.

Ma mère dit aux ambulanciers :

— Je vais aller reconduire ma fille à l'hôpital !

Ils refusent carrément que ma mère me reconduise à l'hôpital. Ils lui répètent qu'elle est dans un grave état de choc et qu'elle ne peut pas conduire son véhicule dans un pareil état.

Mais ma mère insiste. Elle crie, elle rage et elle pleure en même temps. Alors les policiers décident de lui donner quatre contraventions : une contravention pour conduite dangereuse, une autre pour avoir circulé sur l'herbe du parc, une autre pour avoir troublé la paix publique en klaxonnant et une dernière pour avoir engueulé le policier qui la menaçait de lui retirer son permis de conduire pour *outrage à un agent de la force constabulaire...*

Ma mère, hyper tendue, hyper nerveuse, fait semblant de sourire et semblant de se calmer. Heureusement pour elle, sinon elle aurait reçu une cinquième contravention pour «énervement» exagéré dans un parc.

Grand-maman, toute fébrile, dit à ma mère :

— Ne t'inquiète pas, je vais accompagner Noémie à l'hôpital.

— Merci, répond ma mère, au bord de la crise de nerfs, de la crise cardiaque, de la crise économique, de la crise tout court.

Puis, elle m'embrasse sur les joues et me murmure des petits mots d'amour en me serrant très fort contre elle.

— AOUTCH! AOUTCH! Mon bras! Tu fais mal à mon bras!

En s'excusant, elle nous reconduit, grand-maman et moi, jusqu'à l'ambulance. Puis, elle dit en tremblant :

— J'essaie de me calmer et je vais vous rejoindre…

Je lui fais signe de ne pas s'inquiéter.

En montant à l'arrière de l'ambulance, j'entends une petite fille demander à son père :

— Pourquoi elle a le bras tout bleu, la grande fille?

Puis j'entends toutes sortes de voix demander :

— Où elle s'en va, la fille? Est-ce que c'est son ambulance à elle? Est-ce qu'ils vont lui couper le bras? Pourquoi sa mère est folle? Il est où, son papa?

Devant la foule des curieux et des curieuses, je fais un petit signe de la main à mes amies. Je m'installe à l'arrière de l'ambulance avec grand-maman, les portes se referment, les gyrophares s'allument, la sirène crie et nous partons vers l'hôpital.

J'entends tout à coup :

— Hips... hips... hips...

Grand-maman soupire :

— Nous aurions mieux fait... hips, hips, hips... de rester dans notre lit aujourd'hui.

Bon, ça y est! Grand-maman est tellement énervée qu'elle en a le hoquet. Je pose ma main sur la sienne et je la caresse pour lui signifier que tout va bien aller, que j'ai l'habitude des ambulances, et des voitures de patrouille et des hôpitaux[*].

Je regarde dehors, nous avons quitté le parc et nous roulons à toute vitesse. Je ne crois toujours pas aux superstitions, mais je commence à avoir très hâte que ce vendredi 13 s'achève. J'espère juste qu'il

---

[*] Voir Noémie 1, *Le Secret de madame Lumbago*, Noémie 9, *Adieu, grand-maman*, Noémie 11, *Les Souliers magiques*.

ne nous arrivera aucun malheur dans cette foutue ambulance...

La main sur la bouche, grand-maman ne peut s'empêcher d'avoir le hoquet:

— Hips, hips, hips... Mon Dieu Seigneur... Hips, hips, hips... Mon Dieu Seigneur...

L'ambulance freine soudainement. Grand-maman se cramponne à son siège, puis elle me sourit en disant:

— Ah! Ça y est! Je n'ai plus le hoquet!

— Bravo, grand-maman!

— Merci bien, hips, hips, hips... Ah non, ça recommence.

Pour détendre l'atmosphère, je dis:

— Un jour, nous devrions faire un petit voyage en ambulance. En deux jours, nous aurions le temps de visiter le pays au complet, à la condition de ne pas avoir de crevaison, de ne pas rentrer en collision avec un arbre, de ne pas avoir de contravention, de ne frapper personne... de ne pas avoir mal au cœur...

Nous arrivons enfin à l'hôpital sans avoir eu ni accident, ni crevaison, ni contravention. Un ambulancier descend, contourne le véhicule et, comme d'habitude dans presque cent pour cent des cas, il se prépare à ouvrir la porte arrière. Mais là, allez savoir pourquoi, la porte refuse de s'ouvrir. L'ambulancier a beau tirer, pousser sur la poignée, la porte refuse de s'ouvrir. Il nous crie :

— Je ne comprends pas! C'est la première fois que ça arrive en dix ans!

Grand-maman me regarde en silence, hips, hips, hips, un silence qui veut dire : tu vois bien que ce n'est pas une bonne journée aujourd'hui.

Je refuse de croire à ces sornettes.

Finalement, il y a un attroupement d'ambulanciers, de policiers et de techniciens devant la porte arrière de l'ambulance. Ils s'affairent avec des clés et des instruments de toutes sortes. Comme la porte refuse de s'ouvrir, un grand monsieur s'approche en tenant, à deux mains, une grosse barre de fer dont le bout est légèrement recourbé. Il enfonce le bout de la barre entre les deux portes qui grincent. Gnnniiinnnggg, gggnnniiinnnggg et hips, hips, hips.

Soudain, CRAC! Les portes s'ouvrent. Nous descendons de l'ambulance comme des starlettes de cinéma. On nous regarde, on nous salue. Hips, hips, hips.

Les ambulanciers nous guident vers une grande pièce remplie de gens qui se sont cassé quelque chose. En les apercevant, grand-maman s'exclame, les deux mains dans la figure :

— Hips, hips, hips, mon Dieu Seigneur de mon Dieu Seigneur de mon Dieu Seigneur, ce n'est pas croyable! Hips, hips, hips...

Puis, en ayant toujours le hoquet, elle se met à poser des questions à tout le monde. Un vieux monsieur s'est cassé une jambe en descendant d'un trottoir. Une dame s'est cassé un orteil en se rendant aux toilettes pendant la nuit. Un jeune homme s'est cassé la clavicule en tombant de son vélo.

Ensuite, pour abréger, hips, hips, hips... j'attends plus de deux heures avant de rencontrer un gentil docteur. Hips, hips, hips... Il veut me faire une radiographie du bras, mais nous devons attendre parce que le technicien est en congé et celui qui le remplace ne sait pas comment fonctionne cet appareil-là. Hips, hips, hips... Ensuite, après tout ce temps perdu, le médecin regarde ma radiographie en lançant :

— Oh! Oh! Tu es chanceuse, ma petite!

— Comment ça, chanceuse? Je me suis cassé le bras et vous dites que je suis chanceuse?

— Tu es chanceuse parce que la fracture est belle et nette...

Ensuite, les malchances continuent. Il ne reste plus de bandelettes pour faire les plâtres. Il faut donc attendre que quelqu'un aille chercher les foutues bandelettes quelque part qui doit être bien loin parce que ça prend beaucoup, beaucoup de temps. Hips, hips, hips... Lorsque les bandelettes reviennent, il ne reste plus de plâtre frais. Il faut attendre encore que quelqu'un, quelque part, nous fabrique du beau plâtre frais. Hips, hips, hips...

Finalement, en me plâtrant le bras comme celui d'une momie, le docteur, pour me faire rire, me recommande de ne pas renverser de nouilles molles sur mon plâtre, de ne pas m'en servir pour jouer au base-ball, de ne pas m'en servir comme marteau et, surtout, de ne pas m'en servir pour manipuler les gens autour de moi.

Je fais semblant de ne pas comprendre ce qu'il vient de me dire, mais je trouve que c'est une super bonne idée. Hips, hips, hips...

-11-

Tentatives de manipulation

Une fois mon plâtre terminé, je remercie le médecin, puis nous traversons de longs corridors. Grand-maman s'arrête à toutes les fontaines qu'elle rencontre. Elle pense que boire un peu d'eau fera disparaître son hoquet. Mais ça ne fonctionne pas. Hips, hips, hips... La meilleure façon d'arrêter un hoquet, c'est de recevoir un gros choc nerveux ou d'avoir une grosse peur. Il me semble que nous avons eu notre maximum de malheurs, aujourd'hui...

Je sors de l'hôpital avec grand-maman et, surtout, avec un beau plâtre en bandoulière. J'ai faim, j'ai soif et j'essaie de trouver une tactique pour me faire inviter au restaurant :

— Grand-maman... je ne sais pas si c'est à cause de mon beau plâtre tout neuf, mais il me semble que j'ai une faim de loup.

Grand-maman ne répond pas. Elle s'arrête sur le trottoir en face de l'hôpital et elle regarde au loin.

— Grand-maman, comme je ne peux rien faire à cause de mon plâtre, nous devrions aller au cinéma et regarder trois films d'affilée.

Aucune réaction. Hips, hips, hips...

— Grand-maman, pour nous changer les idées, nous

devrions magasiner... dans un grand magasin...

Aucune réaction. Hips, hips, hips...

— Dans un moyen magasin? Dans une petite boutique?

Aucune réaction. Hips, hips, hips...

— Grand-maman... dites quelque chose!

Elle regarde au loin.

— Ah, les voilà!

Mon cœur fait un tour complet dans ma poitrine. Ah non! J'aperçois l'automobile de ma mère. Je m'attends au pire.

Mais l'automobile s'approche tout à fait normalement. Elle s'arrête sans klaxonner, sans faire crisser les pneus, sans créer de drame épouvantable. Mon père est au volant. À travers le pare-brise, je le vois jeter un coup d'œil vers ma mère et me faire une petite grimace qui veut dire : Attention tout le monde, elle n'est pas de bonne humeur, la maman!

Mon père sort de l'automobile, s'approche et me dit tout haut, afin de détendre l'atmosphère :

— Eh bien, Noémie, tu as fait un saut en longueur jusqu'à l'hôpital?

Personne ne rigole. Grand-maman et moi, nous nous assoyons sur la banquette, derrière mon père et ma mère.

L'automobile se met à rouler. Personne ne parle. Hips, hips, hips... Moi, je ne regarde pas dehors, j'ai trop peur qu'il nous arrive un malheur. Je fixe mon plâtre qui est aussi dur que du ciment. Je pense à toutes les choses que je ne pourrai pas faire. Je ne pourrai ni nager, ni prendre mon bain, ni aller à vélo...

Soudain, grand-maman toussote, me regarde d'un air complice et suggère :

—J'ai un peu faim... Hips, hips, hips... Si nous allions manger au restaurant?

—Je n'ai plus d'argent, répond ma mère d'un ton sec.

—Je dois retourner travailler, ajoute mon père.

— Bon, soupire grand-maman, alors j'invite tout le monde à manger de la lasagne à la maison.

— Ce soir? Impossible, répond mon père, je dois terminer un dossier.

— Impossible, répond ma mère, ce soir, je dois assister à une conférence...

Après un trajet impeccable sans embûche, sans accident, sans malheur, mon père stationne devant la maison, mais, complètement déconcentré par les dossiers qu'il doit terminer, il recule trop vite et gnnniiiiiiii, il égratigne le côté de l'automobile de ma mère sur le pare-chocs d'une voiture stationnée.

Ma mère n'en peut plus. Elle explose :

— Là, j'en ai assez! Assez! Assez! Je n'en peux plus! Mais

qu'est-ce qui se passe aujour-
d'hui? On dirait que tous les
malheurs du monde me tom-
bent sur la tête.

Je sors de l'automobile en
disant :

— Peut-être qu'un peu de
vacances te ferait le plus grand
bien…

— Hips, hips, hips, répond
grand-maman.

-12-

Chez
grand-maman

Grand-maman et moi montons l'escalier en posant les pieds bien à plat sur les marches, en nous tenant aux rampes et en faisant bien attention. Hips, hips, hips...

Nous montons sur le balcon, sans problème.

Grand-maman tourne sa clé normalement dans la serrure. La porte s'ouvre sans grincer et, à petits pas précautionneux, nous nous rendons jusqu'à la cuisine.

Je m'assois et je ne bouge plus.

Je regarde grand-maman faire réchauffer la lasagne.

Avant qu'elle ne soit trop chaude, avant qu'elle ne brûle, avant qu'elle ne carbonise, grand-maman retire la lasagne du four. Elle n'oublie pas de se servir de grosses mitaines. Hips, hips, hips... Nous mangeons la lasagne presque froide en prenant bien soin de ne pas nous couper avec le couteau, de ne pas nous piquer avec la fourchette, de ne pas nous étouffer avec la nourriture.

Je ne mange pas de dessert, j'ai trop peur que la tarte aux pommes explose, que le gâteau au chocolat soit piégé ou que quelque chose d'inimaginable se cache dans la salade de fruits.

Je suis tellement épuisée par cette foutue journée que je dis à grand-maman :

— Moi, je prendrais un bain chaud avec de la mousse et tout et tout... mais c'est impossible à cause de mon plâtre...

À ma grande surprise, grand-maman, hips, hips, hips... disparaît dans la salle de bain. J'entends le robinet couler, puis elle revient, fouille sous le comptoir de la cuisine, en sort un grand sac de plastique, enfile mon bras à l'intérieur du sac et hips, hips, hips, referme le sac avec du ruban gommé.

— Grand-maman, vous êtes un génie!

— Maintenant, hips, hips, hips... tu peux prendre un bain, mais sois prudente et, surtout, ne mets pas ton bras dans l'eau!

— Oui, oui! Je vous le jure!

J'entre dans la salle de bain en ayant le plâtre enfermé

dans le sac de plastique. Je me déshabille et, le bras dans les airs, je m'assois dans l'eau chaude. C'est merveilleux, c'est extraordinaire, c'est fantastique.

En tenant toujours très haut mon bras dans le plâtre, je bouche mon nez, puis je rentre ma tête sous l'eau. Après je ne sais combien de secondes, je me relève et crie :

— Grand-maman! Grand-maman! C'est le plus beau moment de ma vie!

— Hips, hips, hips... Profites-en bien, répond-elle de la cuisine.

Le plâtre hors de l'eau, je plonge la tête dans la baignoire qui se transforme en piscine olympique. Je soulève une jambe, puis l'autre. Je suis une véritable championne de nage synchronisée.

À bout de souffle, je sors la tête, ouvre la bouche, prends une grande inspiration et replonge aussitôt. Je suis la plus grande nageuse de tous les temps. J'invente des chorégraphies, des figures. Soudain, pendant que je suis en train de gagner la médaille d'or de la plus belle pirouette, on dirait que toute l'eau du bain s'engouffre dans mon nez, puis dans ma gorge, puis dans mes poumons. Je suis complètement perdue. Mon sang se bouscule. Je vois des étoiles.

Je donne un coup de coude dans le fond de la baignoire et je remonte à la surface. J'ai les poumons remplis d'eau savonneuse.

J'essaie de crier AU SECOURS! JE ME NOIE! mais je ne peux plus parler. Il n'y a plus d'air dans mes poumons. Je ne suis plus capable de respirer. Je suis tout étourdie. Je m'agrippe au rideau de la douche. Il se décroche d'un coup sec puis me tombe sur la tête. En essayant de l'éviter, je glisse et je me frappe le front sur le bord du bain. Je vois des étoiles, des planètes, des voies lactées.

Un extraterrestre m'agrippe, me soulève. Mes oreilles bourdonnent. Soudain, PAW! une main me frappe dans le dos. Je crache un long bouillon d'eau.

PAW! Je reçois une autre tape dans le dos. Mes poumons se dégagent un peu. J'essaie d'inspirer en gonflant le thorax. Un petit filet d'air se rend jusqu'à mes poumons.

PAW! Une autre tape me secoue de la tête aux pieds.

Mes poumons se dégagent encore un peu. Je parviens à les remplir à moitié.

PAW! Je crache encore un long filet. Puis, je respire à toute vitesse comme un chien qui halète.

PAW! PAW! PAW! Je réussis à prendre quelques bonnes inspirations. Je me retourne et aperçois grand-maman, debout dans le bain à côté de moi. Sa robe est mouillée, ses cheveux dégoulinent, sa figure est toute rouge. Je me lance dans ses bras et je me blottis contre elle. Son cœur palpite. Je ne dis pas un mot. Je reprends mon souffle.

Après quelques minutes de silence, grand-maman soupire :

— Mon Dieu Seigneur... Noémie... Noémie... Noémie... Excuse-moi de t'avoir frappée... Je n'avais pas le choix...

— M... M... Merci, grand-maman... Vous m'avez sauvé la vie!

Elle me serre dans ses bras puis, en levant la tête et en souriant, elle dit :

— Ah... mon Dieu Seigneur! Avec toutes ces émotions, mon hoquet a disparu!

Moi, des émotions à répétition, je ne suis plus capable d'en prendre. Même s'il n'est que dix-neuf heures, même s'il fait très clair dehors, je quitte la salle de bain, enfile mon pyjama, me lance dans la chambre et me glisse dans le lit.

Grand-maman enfile sa chemise de nuit, verrouille toutes les portes de l'appartement et vient s'étendre près de moi.

Bien au chaud entre les draps qui sentent la flanelle, je me colle contre ma belle grand-maman chérie en chocolat et lui murmure à l'oreille :

— Fini les problèmes, les difficultés, les ennuis, les dangers, les tracas, les crises, les larmes, les soucis, les contrariétés pour aujourd'hui... Et le prochain vendredi 13, je vous jure que je le passe dans mon lit...

— Chuttt, chuttt, chuttt, murmure grand-maman, il me semble que je viens d'entendre un bruit suspect...